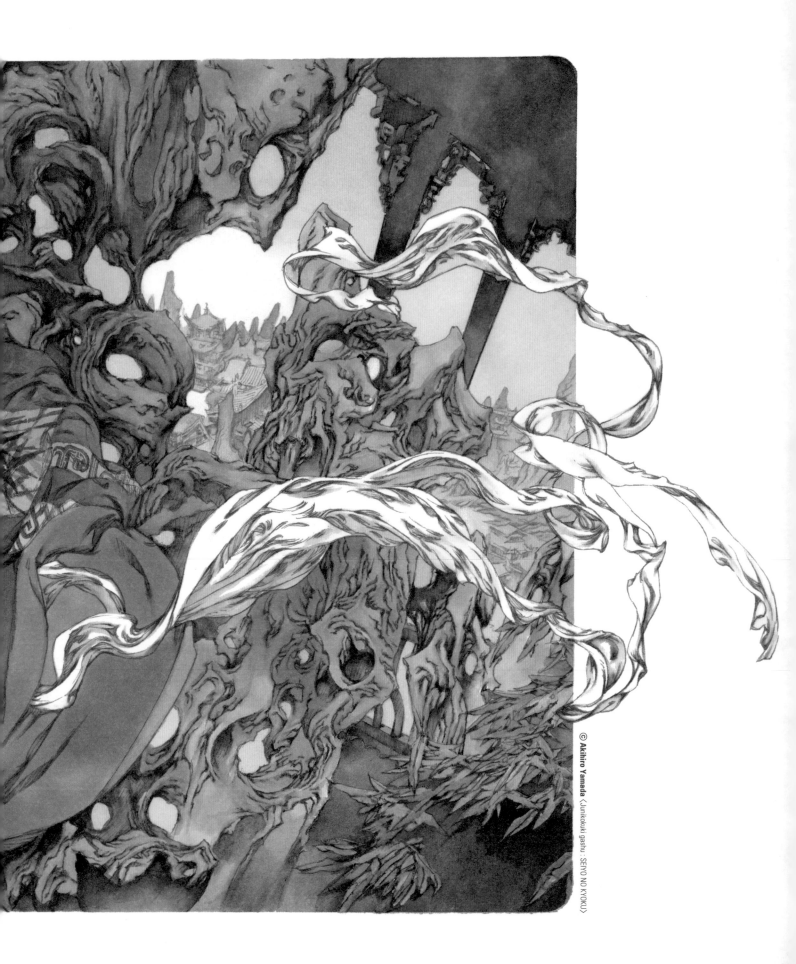

청양의 노래

십이국기 화집 2
青 陽 の 曲

야마다 아키히로 지음

엘릭시르

청양의 노래

십이국기 화집 2
青陽の曲

차례

들어가는 말

오노 후유미

야마다 아키히로 씨를 알게 된 것은 『백화 정원의 비극百花庭園の悲劇』*을 통해서였습니다. 서점에서 우연히 책을 발견하고는 무심하리만큼 세련된 표지에 이끌려 구입을 했고 읽자마자 바로 팬이 되었지요. 수려한 그림은 두말할 것도 없고 마치 고전 영화 같은 분위기와 대사, 이국의 악곡 같은 템포가 나무랄 것이 없었습니다. 『마성의 아이』를 집필했을 때 당시 담당 편집자였던 오모리 노조미 씨가 야마다 씨에게 표지를 부탁하자는 터무니없는 말을 꺼냈습니다. 불가능할 것 같은 일이었지만 운 좋게도 의뢰를 받아주셨고 시간이 지나 미려하고 인상적인 표지가 도착했습니다. 당시 뒷부분을 어떻게 풀어나갈지 염두한 적이 없었기 때문에 저에게는 그저 동경해왔던 만화가가 표지를 그려줬다는 감동뿐이었습니다. 일부러 자신의 글을 읽어주고, 나아가 시간과 정성을 들여 그림으로 표현해주는 것 이상으로 팬에게 행복한 일이 있을까요.

뜻밖에도 후속편이라고도 할 수 있는 『달의 그림자 그림자의 바다』를 집필하게 되었을 때 야마다 씨에게 부탁할 수 있으면 얼마나 좋을까 하고 생각은 했지만 현실로 이루어질 줄은 꿈에도 몰랐습니다. 당시 발표하던 매체를 고려했을 때 편집부에서 허락해주지 않을 것 같기도 했지만 무엇보다도 '뜻밖의 행운'은 단 한 번만 찾아오는 법이기 때문이지요.

그런데도 두 번째 행운은 찾아왔고, 제 손에 들어온 그림은 충격적이었습니다.

시원스럽게 검을 들고 야무진 표정으로 하늘을 바라보고 있는 요코는 '천天'**과도 같았습니다. 천부상天部像***처럼요. 천은 불교 세계의 수호자이지만 그 태생은 신입니다. 신화를 배경으로 우상으로서 승화된 호법신. 야마다 씨에게 요코의 싸움이 천부의 이야기처럼 보였던 걸까요.

이 표지를 계기로 제 안에서 '무언가'가 만들어졌습니다. 이어지는 『바람의 바다 미궁의 기슭』을 집필했을 때 그 '무언가'는 나침반처럼 작품이 향해야 할 방향을 가리키고 있었습니다. 결과물로 빚어진 이야기로 야마다 씨는 산시와 다이키를 그려주셨습니다. 특히 다이키 그림을 봤을 때 '무언가'는 시리즈의 핵심이 되었습니다.

그저 나침반이 가리키는 방향을 향해 노를 젓다 보니 삼십 년이라는 세월이 흘렀습니다. 그럼에도 야마다 씨와 일러스트에 대해 논의를 한 적은 단 한 번도 없습니다. 항상 제가 내키는 대로 글을 쓰면 그 글로 야마다 씨가 묵묵히 그림을 그려주시고, 그 그림을 받고 제가 다음 이야기를 구상한 뒤 쓰고 싶은 대로 써나갑니다. 상당히 번거로운 방식이지만 저는 이 과정을 공동 작업이라고 생각합니다. 제가 두루뭉술한 이미지를 품고 글을 쓰면 야마다 씨가 세세한 부분을 보충하여 명확하고 또렷한 그림으로 고정시켜주십니다. 그 그림을 전제로 제가 모호한 부분을 한층 더 부풀려나갑니다. 이런 식으로 진행되니 혼자서 만드는 게 아니라 야마다 씨와 함께 세계를 만들고 있다는 생각을 하고 있는 겁니다.

훌륭한 만화가에게서 만화를 집필하는 시간을 빼앗고 있다는 사실에 몹시 부끄러운 마음이 들기도 합니다만, 이렇게 애매한 작업을 오랜 세월 동안 함께 해주시는 야마다 씨께는 그저 감사하다는 인사밖에 전할 말이 없습니다. 진심으로 감사드립니다.

---

*   1984년 출간된 야마다 아키히로의 만화.

**   불교의 호법신인 팔부중 중 하나.

*** 불교에서 천 개의 신들(천부)을 표현한 불상. 천부에는 대표적으로 사천왕, 인왕, 범천, 제석천, 팔부중 등이 있다.

야마다 아키히로가 오노 후유미에게 보낸 라쿠슌 일러스트

무표정한 시선이 이와키의 눈을 지긋이 바라볼 뿐이다.

히로세는 다카사토와 한동안 작은 소리로 키득거렸다.

"부탁이니 말하지 마세요." |

잡힌 팔을 빼내려 했지만 남자는 떨어질 기미가 없다.

꼭 붙든 팔 아래 짐승은 말이 떨어지자마자 몸을 피하며 옆으로 튀어 올랐다.

"알려준다니까. 너는 속았어."

돌풍 같은 속도로 돌진해 오는 거대한 호랑이를 피하는 동시에 있는 힘껏 검을 내려쳤다.

　　"……부탁이야, 그만둬." 여자는 땅을 긁는 요코의 오른손으로 칼 끝을 돌렸다. |

『달의 그림자 그림자의 바다』· 하 일곱 번째 새를 떨어뜨리고 하늘을 올려다보았다. "내려와."

"앉아. 긴 이야기를 들어야 해."

"어전에서 떠나지 않고, 소명을 거스르지 않으며, 충성을 맹세할 것을 서약드립니다." "허락한다."

"흑기로구나. 참으로 신기한지고."

한동안 게이키는 이야기를 어떻게 시작할지 고민했다. 아이는 입을 꾹 다물고 고개를 숙이고 있다.

달을 등지고 달려오는 더없이 우아한 짐승. 흑기린.

『바람의 바다 미궁의 기슭』

태왕 즉위. 대극국에 새로운 왕조가 시작되었다.

"……너희가 하는 말은 알았어." "알기만 했냐." "반성했다."

"고야?" "로쿠타."

로쿠타는 뚝, 실이 끊기는 소리를 들었다.

쇼류의 등뒤에서 아쓰유가 검을 슥 쳐들었다. "쇼류!"

"……정말로 왕이 되었구나." 호화로운 실내에 서 있는 사람을 확인하고 그는 작게 중얼거렸다. |

—못 하겠어. 구명줄을 잡은 손은 학질에 걸린 것처럼 떨렸다.

"……말도 안 돼." 궁기를 쓰러뜨리다니 믿기지 않는다. |

"이딴 것쯤 얼마든지 가지고 있었어⋯⋯." 쇼케이는 중얼거리고서 선반으로 다가갔다.

　　세이슈는 사고를 멈추었다. 아무것도 생각할 수가 없었다. 대로에 비명이 울려 퍼졌다.

"이쪽이야. 손잡아."

고쇼가 대도를 한 번 휘두를 때마다 주변에는 처참한 소리가 울려 퍼졌다. │

『히쇼의 새』「히쇼의 새」 히쇼가 무료하게 서 있는 곳에서는 보이지 않지만 새의 눈 아래에는 하계의 경치가 펼쳐져 있을 것이다.

살형밖에 없다. 그렇게 생각한 순간 싸늘하게 차가운 것이 등줄기를 쓰다듬는 느낌이 들었다.

　　　　　　짊어진 청조. 이것이 시들기 전에 왕궁에, 새로운 왕에게 전해야 한다.　|

"누군가 책력을 만들어야만 합니다. 그래서 그것밖에 하지 못하는 저희가 하는 겁니다."

"봉산에 갈 거야. 승산하겠어."

"당신은 짐승만도 못해!"

『간큐…… 살려줘……』

"견랑진군······." 그는 불 곁에 한쪽 무릎을 꿇은 채 슈쇼를 바라보았다.

"그러나 내가 옥좌에 오르면 주상께 보위를 훔친 것이 되어버리지."

"여어." "오랜만이야. 잘 지냈어?" 나는, 하고 새가 이야기를 시작했다.

"화서의 꿈을 보여주마."

"이런 곳에서 만나나." "이런 곳이니까 만났겠지. 오랜만이군, 리코."

『황혼의 기슭 새벽의 하늘』

"저는 꼭 리사이에게 꽃다발을 주고 싶었어요."

"피곤한가 보군." 그 목소리에 앉은 자세를 바로잡았다. 돌아보자 교소였다.

"여기서 경국을 지키고 대국을 버리는 것이 왕의 의무라면 나는 옥좌 따위 필요하지 않아."

로쿠타와 앞다투어 달려가던 게이키가 반사적으로 발걸음을 멈추었다.

"괜찮아. 고마워" 작은 목소리로 대답하자 엔시를 받아준 소년은 살짝 미소지었다.

그는 숫돌에 물을 치고 흥얼거리면서 소도를 계속 간다. |

에이쇼는 교소를 보며 지도를 가리켰다.

"하다못해 약이나 몸에 좋은 음식을 사다 줄 수는 없을까요?" |

새를 풀어준 자는 조류를 지켜본다. 소녀였다.

아센은 검을 뽑아 다이키에게 들이댔다. "내가 왕이라?"

"옥좌에 돌아오지 않는 교소 님을 버리고 천명은 그 뜻을 바꾼 거야."

| "힘을 보태주세요." "기꺼이……!" 게이토우는 엎드렸다.

"모든 일은 이미 지나간 일. 새로운 시대가 밝아오는 겁니다."

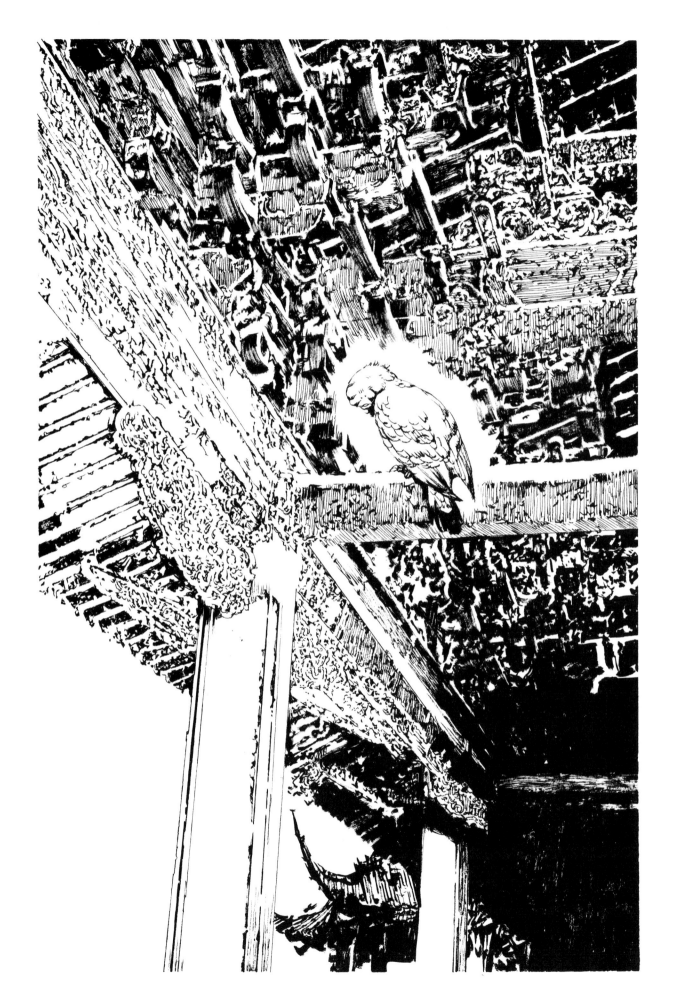

그것은 눈을 감은 채 억양 없는 소리로 "포오" 하고 울었다.

몹시 기뻐하며 날갯짓하는 히엔에 올라타 단숨에 북녘으로 향했다.

뒤를 돌아보니 강인한 표정으로 돌아온 다이키가 있었다.

옥좌에 앉은 아셴의 곁에 재보가 있었다.

이력은 거대한 돼지 같은 요마인데 코끼리만큼 큰 놈도 있다.

묶은 밧줄을 고삐 삼아 등에 걸터앉은 뒤 목덜미를 붙잡았다. 짐승은 거대한 몸으로 몸부림을 쳤고 분노에 찬 포효를 굵게 내질렀다.　｜

"교소 님! 주상!" 소겐은 달려와 쓰러지듯 무릎을 꿇었다.

그 칼끝은 예전에 우코의 검술이 그랬던 것처럼 예리하고 선명한 빛의 궤도를 그렸다. |

경악에 찬 비명이 들리기 전에 다이키는 뽑은 검을 휘둘러 정면에 있는 주렴을 베어 떨어뜨렸다.

〈야마다 아키히로 십이국기 캘린더 2015〉 표지

'십이국기'의 날 기념 선물 특별 일러스트

'십이국기'의 날 기념 선물 연하장 일러스트

'십이국기'의 날 기념 선물 연하장 일러스트

야마다 아키히로 山田章博

1957년 고치 현에서 태어났다. 현재 교토 부에 거주하고 있다.
만화가이자 일러스트 작가이다.
1981년 「파담 파담」을 통해 만화가로 데뷔하였으며 대표작은 『BEAST of EAST—동방 현문록』, 『로도스도 전기—팰리스의 성녀』 등이 있다.
일러스트 작가로서도 많은 표지 그림, 삽화를 그렸는데, 그중에서도 '십이국기' 시리즈는 삼십 년에 걸친 대표작이라고 할 수 있다.
그 밖에 게임, 애니메이션 캐릭터 원안, 영화 콘셉트 디자인 등의 작업도 하고 있다.
1996년 제27회 세이운상(아트 부분)을 수상했다.

청양의 노래
십이국기 화집 제2집

초판 발행 2023년 4월 28일
—
지은이 야마다 아키히로 | **옮긴이** 이진
책임편집 지혜림 | **편집** 임지호 | **북디자인** 이혜경디자인 | **저작권** 박지영 형소진 오서영
마케팅 정민호 김도윤 한민아 이민경 안남영 김수현 왕지경 황승현 김혜원
브랜딩 함유지 함근아 박민재 김희숙 고보미 정승민 | **제작** 강신은 김동욱 임현식 | **제작처** 영신사
펴낸곳 (주)문학동네 | **펴낸이** 김소영 | **출판등록** 1993년 10월 22일 제2003-000045호
주소 10881 경기도 파주시 회동길 210
문의 031-955-1901(편집) | 031-955-2696(마케팅) | 031-955-8855(팩스)
전자우편 editor@elmys.co.kr | **홈페이지** www.elmys.co.kr

ISBN 978-89-546-9116-1(04830) | SET 978-89-546-4362-7
—
엘리시르는 출판그룹 문학동네의 장르문학 브랜드입니다.
잘못된 책은 구입하신 서점에서 교환해드립니다.
기타 교환 문의 031-955-2661, 3580

—

"JUNIKOKUKI" GASHU 〈DAINISHU〉 SEIYO NO KYOKU by YAMADA Akihiro
Copyright ⓒ Akihiro Yamada, Fuyumi Ono 2022
All rights reserved.
Original Japanese edition published in 2022 SHINCHOSHA Publishing Co., Ltd.
Korean translation rights arranged with SHINCHOSHA Publishing Co., Ltd.
through Danny Hong Agency
Korean translation copyright ⓒ 2023 by MUNHAKDONGNE Publishing Group

—

이 책의 한국어판 저작권은 대니홍 에이전시를 통해 新潮社와 독점 계약한 ㈜문학동네에 있습니다.
저작권법에 의해 한국 내에서 보호를 받는 저작물이므로 무단 전재와 복제를 금합니다.